句集

生きたしや

山本比呂也

角川書店

句集・生きたしや

目次

装画●大久保裕文
装丁●ベター・デイズ

句集
生きたしや

父星

平成十二年―二十年

平成十二年（2000年）

西行忌山また山の山にをり

秋篠の天女恋しと夏の蝶

麦藁帽少しあみだに仏顔

大の字に天下取りたる昼寝かな

灯をともし句屛風を読む晩夏かな

竹箸のささくれだつやきりぎりす

平成十三年（2001年）

乳母車がらがら行けり葱坊主

おほぶりな志野のいつぷく夏に入る

余花に逢ひ余花と別るる峡の道

ルノアールの色の溶けゆく麦の秋

畦道の曲がりくねりて曼珠沙華

白々と明け青々と冬の空

平成十四年（2002年）

春光を呼び寄せてゐる伊良湖岬

大鯉の身をひるがへす落花かな

伊吹より明くる近江や桐の花

真つ直ぐの竹まつすぐに走り梅雨

山小屋は標高二千戻り梅雨

神無月酒も売りゐる生薬屋

平成十五年（2003年）

海鳥は海より湧くや涅槃西風

讃美歌の声すきとほるみどりの日

初夏の青き乳房の闊歩かな

蛸壺のどかと置かるる島の夏

秋めくや角を曲がれば大通寺

枯野道少年不意に曲がりけり

平成十六年（2004年）

山葵田の水は一途に走りけり

別れ霜乳あらはなる牧の牛

奥能登の海へ雪崩るる青田かな

凌霄の登りつめたる風見鶏

生まれつき田舎暮らしよあめんぼう

鰡飛ぶや出漁船は岬へと

平成十七年（2005年）

三寒四温五臓六腑も迷ひをり

実直な御仁呉れたる春の風邪

筍飯渥美の母へ土産とす

旅にゐて浮かるるままに踊りけり

白布の巻かるる墓や秋彼岸

ヘプバーンの駆けてきさうな秋日和

鎌倉やかけこみ寺の落葉籠

水尾のなか来て水尾を引く冬の鳥

水鳥の富士の形に水尾を引く

星冴ゆる富士の麓の牧明かり

平成十八年（2006年）

お降りといふやさしさに濡れにけり

父星と思へば霞む寒昴

畔焼の女の煽る炎かな

足のつめ切りゐる夜を亀鳴けり

猫の恋読みかけの本うらがへす

子供の日ふすまに残るクレヨン画

滝落つる水にためらひなかりけり
とんばうの恋のさなかの真顔かな

おせつかいな妻にせせかされ大根蒔く

水鳥にこつぱみぢんの逆さ富士

平成十九年（2007年）

元朝の光降りくる御神木

灯を消せば愁ひの失する女雛かな

高遠の桜透かしの嶺白し
更衣白を呑み込む摩天楼

傘すぼめ村役ぐぐる茅の輪かな

滝壺に落ちたる水の青さかな

教職を降りたる父よ敗戦忌
身ごもれる娘も祈る望の月

茅葺の屋根をしとねの散紅葉

数へ日や毀れしままの鳩時計

平成二十年（2008年）

お降りを胡座に溜むる野の仏

十六畳の武者絵の凧の武者ぶるひ

甕に浮く花を虜に春氷

恋猫の一瞥くれて消えにけり

日柱は天への梯子鳥雲に

マネキンの裸身まぶしき更衣

雨蛙ぶりきのおもちや歩きだす

分水嶺北へ落ちゆく秋の水

雷門の小柄な俥夫の大嚏

冬の霧日輪白く生まれけり

己が影

平成二十一年―二十六年

平成二十一年（2009年）

日輪のけふも隠るる軒氷柱

啄木の悩むる像に寒の雨

丸腰の番屋に吠ゆる虎落笛

なきごゑを海に捨てゆく冬鷗

流氷の鎬を削るオホーツク

恋知るや都育ちの官女雛

波荒き近江の海や松の芯

島へ行く橋のなかばや夕薄暑

明易や妻は越後へ旅立ちぬ

秋水や古鍬ひとつ浸しあり

辛口の越後の酒や秋刀魚焼く

山眠る千枚の田をふところに

平成二十二年（2010年）

仁王立ちのエースの膝に春の泥

荒梅雨の斜めに叩く巌襖

熊蟬のこゑを離るる始発かな

炎昼や野良猫の腹ふてぶてし

秋雨や色の褪せたる犬夜来

人恋し秋の日暮の先斗町

蟋蟀が六角堂に籠りをり

しぐるるや袋小路の武家屋敷

雪吊の丸太踏ん張る加賀の国

茶屋街へ向かふ木橋や寒夕焼

月冴ゆる格子の中の女の目

友禅の紅の刺さるる寒燈下

平成二十三年（２０１１年）

生きたしやこの孫と屠蘇酌む日まで

雪しんしんしんしん寺しんしんしんしんと暮れにけり

医学部の門に消えゆく雪女

竹箒の音せはしげな春の寺

田舎てふ極楽に住み新茶汲む

職退いて晴耕雨読めざす夏

まだ一人帰宅せぬ子や大夕立

八月の雨のきさうな鳩の声

山里の棚田つらぬく落し水

銅鑼の音の沖に行き交ふ海桐の実

度胸据ゑ渡る時雨のかずら橋

子規庵を見付くるまでの寒さかな

平成二十四年（2012年）

宝船夢のつづきは乗せきれず

まろやかに畔を包みて春の雪

耕人の田の色かへて去りにけり

さくら舞ふ吉野の山の修験道

山祇の水のかげろふ朝ざくら
人去りてまた戻り来る花の下

辛口の地酒酌みあふ花疲れ

左江戸右京みちや桜東風

結びの地の川面に結ぶ花筏

逢ひにゆく根尾の桜よ薄墨よ

ガラス戸に己が顔ある虫の闇

空稲架を残して暮るる奥三河

名物の蕎麦食ふまへの新走

高千穂の鬼が面ぬぐ神の留守

平成二十五年（2013年）

鴨川の流れに滲む冬灯

冬の川老僧然と鷺立てり

おいでやすと女将手をつく寒牡丹

柴又の春の時雨の裏通り

己が影に鍬を打ち込む四月馬鹿

白に白重ねて落つる滝の水

荒梅雨の濁り逆巻く熊野川

北国のこゑ湧き上がる大花火

新涼や色鍋島の白き肌

おほぶりの茶碗がよろしとろろ汁

名も知らぬ鳥にも呉れよ木守柿

しぐるるや豊後国東磨崖仏

今か今かと神の出を待つ夜の神楽
星満ちて霜夜の幕の開きにけり

平成二十六年（2014年）

元朝の岩肌奔る水真白

吊橋や妻のたぢろぐ雪解風

青麦や三河の風は海より来

耕人の夕日拝みて帰りけり

枡形の筋目の残る植田かな

日除より身を乗り出して朝市女

小路抜け祇園祭の雑踏へ

千人の男渦巻く荒神輿

清張の本探す部屋西日濃し

山の辺の湧き水うまし稲の花

逆転なるか九回裏の稲光
まさをなる海を生みたる秋の天

間引くとは悲しきことや抜菜漬

幸田てふ佳き町名や賀状書く

はたた神

平成二十七年―二十九年

平成二十七年（2015年）

成就まで覚めてはならじ宝船

雪晴や富士に欠かせぬ大裾野

越前へ峠こえゆく雪解風

よう来とくねんしたのおと春灯

御清水の柄杓ふせおく春日向

鳥雲に旅の終りの貰ひ水

口紅を誰ぬすみしや享保雛

たつぷりと代田うるほす天の水

松籟てふ二字は重たしはたた神

蟬出づる土中の美しき闇を捨て

新しき道の果てなる雲の峰

脱稿もこれが始まり青嵐

流れきて不意討ちにあふ滝の水
淡き身の影こそ黒きあめんぼう

隠したきもの少しありサングラス

水無月の黙を切り裂く能の笛

宵山やおゐどはみだす囃子方
うすぐらき路地を抜けきて鱧料理

京料理になじむ駿河の冷し酒

はんぎょくの背伸び眩しや神輿渡御

白菊の花の色なる大花火

花火師の鎮魂のこゑ天にあり

漆黒の闇いちめんの揚花火

余生てふ言の葉遠し黍嵐

吹き曝しのここが住処の案山子かな

塔高し能登秋天を正しうす

能登沖のまほらに釣瓶落しかな

書き出しの言の葉さがす夜長かな

冬帝や座右の銘は日々修行

矻々と生きて候ふ去年今年

平成二十八年（2016年）

窓越しに妻の見せくる初氷

日輪のうつうつとして雪達磨

蒼天のそのまま暮れて寒の星

赤ペンの赤の掠るる寒の夜

野火猛る口紅の濃き女ゐて

木蓮の芽吹き初めたる里は雨

初蝶来みづの香まとふ花びらに
花追うて曲がれば城のある予感

ためらひを虚空に残し飛花落花
海に眠る汝をわすれなぐさかな

舟音の橋くぐりゆく暮春かな

故郷の山たかからず桐の花

どくだみは闇を恐れぬ花ならむ
ほうたるのこひにおちたるほしのよる

己が影を怪しく見せてあめんぼう

ちちははのこゑ伝へ来よ虹二重

鳴神のけふもお越しか北の空

惑星のひとつに住みて星祭

ご自愛のほどと書き来る処暑の文

山里の日暮は早し酔芙蓉

秋声や与謝の海辺の波やさし

天高し遊び呆けて股のぞき

蟷螂よ吾を見詰めて何とする
悩みなど私《わて》が食うたろいぼむしり

夕暮の寂しさに飛ぶ赤蜻蛉

ハロウィンの魔女の乗り込む山手線

無造作にハロウィンの魔女紅を引く

酒呑めぬ偉丈夫も居り薬喰

短日や古色影引く法隆寺

冬三日月夜を残して失せにけり

平成二十九年（2017年）

うすうすと光さしくる雪月夜

大凧を尻目に小凧天を行く

一輪といふ淋しさの梅二月

千年の瘤たくましき糸桜

桜ほどうつくしきものなかりけり
川に散る桜は海をめざしけり

竹林へ声を乱して春の鳥

星の夜の星の涙か別れ霜

しらす売る浜の女は褒め上手

大宇陀の虫籠の放つ黒揚羽

捩花の何の因果か左巻き

むらさきの花ゆらゆらと心太

紫陽花や男は口を閉ぢしまま

水無月や巫女は澄まして鈴を振る

神官のよろけてくぐる茅の輪かな

万緑を吸ひ尽くしたる湖の碧

長岡の風なき夜の大花火

風死して煙たなびく信濃川

新涼の笛鳴り響く夜の駅

秋澄むや飛車を成り込む駒の音

近江人寺領借り受け茸売る

落命の煙ふきあぐる煙茸

細波てふ水面の傷や猫じやらし

柿食らふ獺祭といふ酒に酔ひ

尾道の坂を濡れ行く秋遍路

浮島へひよいひよいと行き松手入

愛想よく禰宜のもてなす神の留守

風花の街をさまよふ医学生

北国の夜を早むる雪女
凍つる夜の路地に縺るる影法師

踏青

平成三十年—令和二年

平成三十年（２０１８年）

着ぶくれて真顔で神籤売りにけり

水鳥の水尾をひとつに寄り添へり

金色に海染まり来る寒の明

祇王祇女のそばに侍るや花見鳥

落柿舎の縁はぬくとし嵐山

春風や稚児行列は乱れつつ

一献がわざはひ招く四月馬鹿

逆らふといふこと知らず雪柳

春風のそろりときたる船着場

菜の花や真珠筏の深眠り

願ひ事は秘中の秘なり伊勢参

赤糸に恋みくじ結ふ春の宮

さざれ石の注連の幣ゆれ若葉揺れ

まほろばに卑弥呼ゐさうな夏初月

洞窟の羅漢の闇や河鹿笛

秀吉の夢の跡とよ南風吹く

太陽は真ん丸トマトかがやけり

滝壺へ水は真白を捨てに行く

注連縄を潜れば水は滝となる

風鈴を販ぐ女のイヤリング

水澄むや商家につづく橋いくつ

嫁ケ島の溺れさうなる秋の湖

大風に目を剝いてゐる案山子かな

かなかなと鳴いて日暮を呼びにけり

曾良を呼ぶ芭蕉の声か雁渡し

朝寒や今日の予定を確かめて

ハロウィンの魔女にはなれず爪を切る

真っ向に伊吹を置いてかいつぶり

煤逃にいささか正義ありにけり

年忘れのつもりが愚痴を聞く破目に

平成三十一年・令和元年（２０１９年）

鮫食らひ明日は神に参らうぞ

初伊勢や神に呼ばれて宇治橋を

初伊勢の大杉に触れ水にふれ

冬耕や夕日のいろを身に受けて

凍雲や野面に晒す影ひとつ

大寒の風くだりゆく大河かな

裸木や生命線はふたまたに

ふきのたう土竜の穴の高々と

椿とは落つる花なり利休の忌

遠江のみづうみ荒し桜東風

踏青の強き一歩は海へ向く

麦秋や貨物列車の待避線

この道はぶれてはならじ桐の花

迷ひ星に住みて迷へり栗の花

紫陽花や行きも帰りも雨の中

あぢさゐやけふの命のいろとなり

紫陽花の藍の失せたる毬軽し
知恵の輪のすとんと解くる半夏生

片蔭の蔭の細きを棒鼻へ

家康の城の噴水低く立つ

名前書く雨の湿りの形代に

長岡の天地どよめく大花火

鎮魂の願ひ込めたる揚花火

かなかなと鳴けばかなかな鳴くばかり

菩提樹や色なき風の禅の寺

秋水の声の絶えざる禅の庭

地の影のゆるゆる揺るる秋の蝶

山越えの風とほりやんせ秋桜

父興す俳誌は継がず万年青の実

漁火や下弦の月に星ふたつ

令和二年（2020年）

初御籤ぽんと大吉飛び出せり

身の内を酒で浄むる三が日

果てし無き命は非ず冬銀河

大寒の北空にある鳥の声

裸木の堂々として吹かれをり

立春や青一色の空を得て

朧夜やほろ酔うて待つ二番線

土竜塚うすすく隠して春の雪

嗚呼三月十一日の朝しづか

鶯やみちのくは今日晴れと言ふ

たましひをうるほすものに春の雨

落日の光を揺らす糸桜

田蛙の闇深ければ深く鳴き

地のものも虚空も揺れて若葉寒

甲斐信濃知らぬ三河のかたつむり

夕虹やワイングラスを左手に

里山の影を濃くして夕蛍

山里の水音寂し恋蛍

蕩々と大河は海へ夕焼空

菩提樹の樹下は尊し蟬の穴

遠き日の夢きれぎれに明易し

空蝉の背ナにしみ入る黒い雨

かなかなのこゑ沁み透る仏たち

一枚づつ声掛け田水落しけり

秋風鈴鳴るも鳴らぬも寂しけれ

叢雲てふ船の上なる小望月

鵙啼くや若き絵描きの静物画

昼月の天心にある日本晴れ

日輪へ鋭き声放つかいつぶり

知らぬまに母の来て居る日向ぼこ

混沌と今日も暮るるか帰り花

東雲の眉うつくしき冬の月

句集　生きたしや　畢

あとがき

主宰を継承して五年が経過したのを機会に句集を出す決意をした。主宰としてようやく落ち着いた日々が過ごせるようになったことと、「松籟」六十周年を迎える日が近づいたことが、そうさせたとも言えようが、俳句入門から現在までの三三〇句をここに収め、ひとつの区切りとしたものでもある。

俳句は五十七歳の時に誘われるままに始めたが、その根底には私が十八歳の時に亡くなった父の影響があったと思う。父は戦後教師を辞めた後、地元の農協に勤める傍ら、若い人を集め俳句を教えていた。私が小学校四年の時に、「鹿火屋」主宰の原コウ子氏の来駕を得て、我が家で句会が開かれたのを始め、句友との手紙のやり取りを目にしていたため、俳句に対する興味がずっとあり、新聞の俳句欄はいつも読んでいたし、文庫本の『歳時記』も通勤の電車で読んだものである。

そういう環境もあって、「松籟」にすんなりと入会し、加藤燕雨創刊主宰、高橋克郎主宰、島津余史衣代表に師事し、多くの句友に教わってきたが、平成二十七年、主宰を継承することになろうとは夢にも思わなかった。叔母からは「お父さんが一番喜んでいると思うよ」と言われたが、どんなものであろうか。

それ以降、多くの先輩や会員の皆様のご理解とご協力を得て、今日を迎えられたことに心から感謝申し上げたい。又、家内には想定外の世界に付合わせることになり、いろいろと迷惑をかけている。ほかの家族を含めて、応援してもらっていることはありがたいことである。

私の俳句は、どなたかの流れを汲んでいるものではないと思っていたが、先年、加藤かな文氏から「端正で抒情的な作風は、創刊主宰の加藤燕雨から脈々と続くもの。松籟の伝統を継承し次代へと伝える」と評されたことは望外の喜びであった。初学の頃、高橋克郎主宰に「比呂也さんは大きい句を詠みなさい」と言われたことを今も覚えているが、以後、その時々の自分の思いを対象に問いかけ、平明に、詩情を込めて表現することを心掛け、「表現は易しく、思いは深く」を追求している。また、独特のリズムがあるとか、意外な場面展開を私の特徴として評されるが、そうであれば以て瞑すべしである。
第一句集の発刊に当り、お世話になった角川「俳句」編集部の方々に深く感謝申し上げる次第である。

令和三年春

山本比呂也

著者略歴

山本比呂也

やまもと●ひろや

昭和17年　愛知県額田郡幸田町に生まれる（本名・敞哉《ひろや》）

平成12年　「松籟」入会

平成18年　「松籟」同人

平成21年　俳人協会会員

平成27年　「松籟」主宰

平成28年　俳人協会愛知県支部幹事

令和３年　俳人協会愛知県支部支部長

現住所　〒444-0103　愛知県額田郡幸田町大草寺西51

句集　生きたしや　いきたしや
松籟叢書第57篇

初版発行　2021年8月5日

著　者　山本比呂也
発行者　宍戸健司
発　行　公益財団法人 角川文化振興財団
〒359-0023 埼玉県所沢市東所沢和田3-31-3
ところざわサクラタウン 角川武蔵野ミュージアム
電話 04-2003-8716
https://www.kadokawa-zaidan.or.jp/
発　売　株式会社 KADOKAWA
〒102-8177 東京都千代田区富士見2-13-3
電話 0570-002-301（ナビダイヤル）
https://www.kadokawa.co.jp/
印刷製本　中央精版印刷株式会社
 ISBN978-4-04-884425-3 C0092

角川俳句叢書　日本の俳人100

青柳志解樹
朝妻　力
有馬朗人
安西　篤
伊丹三樹彦
伊藤敬子
伊東　肇
井上弘美
猪俣千代子
茨木和生
今井千鶴子
今瀬剛一
岩岡中正
尾池和夫
大石悦子

大串　章
大牧　広
大峯あきら
大山雅由
小笠原和男
小川晴子
奥名春江
小倉英男
落合水尾
小原啄葉
恩田侑布子
甲斐遊糸
加古宗也
柏原眠雨
加藤憲曠

加藤耕子
金箱戈止夫
神尾久美子
九鬼あきゑ
黒田杏子
小島　健
阪本謙二
佐藤麻績
塩野谷　仁
柴田佐知子
柴田多鶴子
小路紫峡
鈴木貞雄
鈴木しげを
千田一路

高橋　将夫
田島　和生
棚山　波朗
辻　恵美子
坪内　稔典
出口　善子
手塚　美佐
寺井　谷子
名村早智子
鳴戸　奈菜
名和未知男
西村　和子
根岸　善雄
能村　研三

橋本　榮治
橋本美代子
藤木　倶子
藤本安騎生
藤本美和子
文挟夫佐恵
古田　紀一
星野　恒彦
星野麥丘人
松尾　隆信
松村　昌弘
黛　執
岬　雪夫
三村　純也

宮田　正和
武藤　紀子
村上喜代子
本宮　哲郎
森田　峠
山尾　玉藻
山崎　聰
山崎ひさを
山田　貴世
山本比呂也
山本　洋子
依田　明倫
若井　新一
渡辺　純枝
ほか

（五十音順・太字は既刊）